Niccolò Machiavelli

L'asino

Capitolo primo

I vari casi, la pena e la doglia

che sotto forma d'un Asin soffersi,

canterò io, pur che fortuna voglia.

Non cerco ch'Elicona altr'acqua versi,

o Febo posi l'arco e la faretra

e con la lira accompagni i miei versi;

sì perché questa grazia non s'impetra

in questi tempi, sì perch'io son certo

ch'al suon d'un raglio non bisogna cetra.

Né cerco averne prezzo, premio o merto;

e ancor non mi curo che mi morda

un detrattore, o palese o coperto;

ch'io so ben quanto gratitudo è sorda

a' preghi di ciascuno, e so ben quanto

de' benificii un Asin si ricorda.

Morsi o mazzate io non istimo tanto

quanto io soleva, sendo divenuto

de la natura di colui ch'io canto.

S'io fossi ancor di mia prova tenuto

più ch'io non soglio, così mi comanda

quell'Asin sott'il quale io son vissuto.

Volse già farne un bere in fonte Branda

ben tutta Siena; e poi gli mise in bocca

una gocciola d'acqua a randa a randa.

Ma se 'l ciel nuovi sdegni non trabocca

contra di me, e' si farà sentire

per tutto un raglio, e sia zara a chi tocca.

Ma prima ch'io cominci a riferire

dell'Asin mio i diversi accidenti,

non vi rincresca una novella udire.

Fu, e non sono ancora al tutto spenti

i suoi consorti un certo giovanetto

pure in Firenze infra l'antiche genti.

A costui venne crescendo un difetto:

ch'in ogni luogo per la via correva,

e d'ogni tempo senza alcun rispetto.

E tanto il padre vie più si doleva

di questo caso, quanto le cagioni

de la sua malattia men conosceva;

e volse intender molte opinioni

di molti savi, e 'n più tempo vi porse

mille rimedi di mille ragioni.

Oltra di questo, anco e' lo botò forse;

ma ciascadun rimedio ci fu vano,

perciò che sempre, e in ogni luogo corse.

Ultimamente un certo cerretano,

de' quali ogni dì molti ci si vede,

promise al padre suo renderlo sano.

Ma, come avvien che sempre mai si crede

a chi promette il bene (onde deriva

ch'a' medici si presta tanta fede:

e spesso lor credendo, l'uom si priva

del bene: e questa sol tra l'altre sètte

par che del mal d'altrui si pasca e viva),

così costui niente in dubbio stette,

e ne le man gli mise questo caso;

ch'a le parole di costui credette.

Ed ei gli fe' cento profumi al naso;

tràssegli sangue de la testa; e poi

gli parve aver il correr dissuaso.

E fatto ch'ebbe altri rimedi suoi,

rendé per sano al padre il suo figliuolo,

con questi patti ch'or vi direm noi:

che mai non lo lasciasse andar fuor solo

per quattro mesi, ma con seco stesse

chi, se per caso e' si levasse a volo,

che con qualche buon modo il ritenesse,

dimostrandogli in parte il suo errore,

pregandol ch'al suo onor riguardo avesse.

Così andò ben più d'un mese fòre

onesto e saggio, infra due suoi fratelli,

di reverenza pieno e di timore;

ma giunto un di' ne la via de' Martelli,

onde puossi la via Larga vedere,

cominciaro arricciarsigli i capelli.

Non si poté questo giovin tenere,

vedendo questa via dritta e spaziosa,

di non tornar ne l'antico piacere;

e, posposta da parte ogni altra cosa,

di correr gli tornò la fantasia,

che mulinando mai non si riposa;

e giunto in su la testa de la via

lasciò ire il mantello in terra, e disse:

- Qui non mi terrà Cristo; - e corse via.

E di poi corse sempre, mentre visse,

tanto che 'l padre si perdé la spesa

e 'l medico lo studio che vi misse.

Perché la mente nostra, sempre intesa

dietro al suo natural, non ci consente

contr'abito o natura sua difesa.

Ed io, avendo già volta la mente

a morder questo e quello, un tempo stetti

assai quieto, umano e paziente,

non osservando più gli altrui difetti,

cercando in altro modo fare acquisto;

tal che d'esser guarito i' mi credetti.

Ma questo tempo dispettoso e tristo

fa, senza ch'alcuno abbia gli occhi d'Argo,

più tosto il mal che 'l bene ha sempre visto;

onde s'alquanto or di veleno spargo,

bench'io mi sia divezzo di dir male,

mi sforza il tempo di materia largo.

E l'Asin nostro che per tante scale

di questo nostro mondo ha mossi i passi,

per lo ingegno veder d'ogni mortale,

se bene in ogni luogo si osservassi

per le sue strade i suoi lunghi cammini,

non lo terrebbe il ciel che non ragghiassi.

Dunque, non fie verun che s'avvicini

a questa rozza e capitosa gregge,

per non sentir degli scherzi asinini:

ch'ognun ben sa, che sua natura legge,

ch'un de' più destri giuochi che far sappi

è trarre un paio di calci e due corregge.

E ognuno a suo modo ciarli e frappi

e abbia quanto voglia e fumo e fasto,

ch'omai convien che questo Asin ci cappi;

e sentirassi come il mondo è guasto,

perch'io vorrò che tutto un vel dipinga,

avanti che si mangi il freno e 'l basto:

e chi lo vuol aver per mal, si scinga.

Capitolo secondo

Quando ritorna la stagione aprica,

allor che primavera il verno caccia,

a' ghiacci, al freddo, a le nevi nimica,

dimostra il cielo assai benigna faccia,

e suol Diana con le Ninfe sue

ricominciar pe' boschi andar a caccia;

e 'l giorno chiaro si dimostra piue,

massime se, tra l'uno e l'altro corno

il sol fiammeggia del celeste bue.

Sentonsi gli asinelli, andando attorno,

romoreggiar insieme alcuna volta

la sera, quando a casa fan ritorno;

tal che chiunque parla, mal si ascolta;

onde che per antica usanza è suta

dire una cosa la seconda volta;

perché con voce tonante e arguta

alcun di loro spesso o raglia o ride,

se vede cosa che gli piaccia, o fiuta.

In questo tempo, allor che si divide

il giorno da la notte, io mi trovai

in un luogo aspro quanto mai si vide.

Io non vi so ben dir com'io v'entrai,

né so ben la cagion perch'io cascassi

là dove al tutto libertà lasciai.

Io non poteva muover i miei passi

pe 'l timor grande e per la notte oscura,

ch'io non vedeva punto ov'io m'andassi.

Ma molto più mi accrebbe la paura

un suon d'un corno sì feroce e forte,

ch'ancor la mente non se ne assicura.

E mi parea veder intorno Morte

con la sua falce, e d'un color dipinta

che si dipinge ciascun suo consorte.

L'aria di folta e grossa nebbia tinta,

la via di sassi, bronchi e sterpi piena

avean la virtù mia prostrata e vinta.

A un troncon m'er'io appoggiato a pena,

quando una luce subito m'apparve

non altrimenti che quando balena;

ma come il balenar già non disparve,

anzi, crescendo e venendomi presso,

sempre maggiore e più chiara mi parve.

Aveva io fisso in quella l'occhio messo,

e intorno a essa un mormorio sentivo

d'un frascheggiar, che le veniva appresso.

Io ero quasi d'ogni senso privo,

e, spaventato a quella novitate,

teneva vòlto il volto a ch'io sentivo,

quando una donna piena di beltade,

ma fresca e frasca, mi si dimostrava

con le sue trecce bionde e scapigliate.

Con la sinistra un gran lume portava

per la foresta, e da la destra mano

teneva un corno con ch'ella sonava.

Intorno a lei, per lo solingo piano,

erano innumerabili animali,

che dietro le venian di mano in mano.

Orsi, lupi e leon fieri e bestiali,

e cervi e tassi e, con molte altre fiere,

uno infinito numer di cignali.

Questo mi fece molto più temere,

e fuggito sarei pallido e smorto,

s'aggiunto fosse a la voglia il potere.

Ma quale stella m'avria mostro il porto?

E dove gito, misero, sarei?

O chi m'avrebbe al mio sentiere scòrto?

Stavano dubbi tutti i pensier miei,

s'io doveva aspettar ch'a me venisse,

o reverente farmi incontro a lei;

tanto ch'innanzi dal tronco i' partisse,

sopragiunse ella, e con un modo astuto

e sogghignando: - Buona sera - disse.

E fu tanto domestico il saluto,

con tanta grazia, con quanta avria fatto,

se mille volte m'avesse veduto.

Io mi rassicurai tutto a quello atto;

e tanto più chiamandomi per nome

nel salutar che fece il primo tratto.

E di poi, sogghignando, disse: - Or come,

dimmi, sei tu cascato in queste valle

da nullo abitator colte né dome?

Le guance mie, ch'erano smorte e gialle,

mutar colore e diventar di fuoco,

e tacendo mi strinsi ne le spalle.

Arei voluto dir: - Mio senno poco,

vano sperare e vana openione

m'han fatto ruinare in questo loco; -

ma non potei formar questo sermone

in nessun modo, cotanta vergogna

di me mi prese, e tal compassione.

Ed ella sorridendo: - E' non bisogna

tu tema di parlar tra questi ceppi;

ma parla, e di' quel che 'l tuo core agogna;

ché, benché in questi solitari greppi

i' guidi questa mandra, e' son più mesi

che tutto 'l corso di tua vita seppi.

Ma perché tu non puoi aver intesi

i casi nostri, io ti dirò in che lato

ruinato tu sia, o in che paesi.

Quando convenne, nel tempo passato,

a Circe abbandonar l'antico nido,

prima che Giove prendesse lo stato,

non ritrovando alcuno albergo fido,

né gente alcuna che la ricevesse,

tanto era grande di sua infamia il grido,

in queste oscure selve, ombrose e spesse,

fuggendo ogni consorzio umano e legge,

suo domicilio e la sua sedia messe.

Tra queste, adunque, solitarie schegge

agli uomini nimica, si dimora,

nodrita da' sospir di questa gregge.

E perché mai alcun non uscì fuora,

che qui venisse, però mai novelle

di lei si sepper, né si sanno ancora.

Sono al servizio suo molte donzelle,

con le quai solo il suo regno governa,

ed io sono una del numer di quelle.

A me è dato per faccenda eterna,

che meco questa mandria a pascer venga

per questi boschi, e ogni lor caverna.

Però convien che questo lume tenga

e questo corno: l'uno e l'altro è buono,

s'avvien che 'l giorno, ed io sia fuor, si spenga.

L'un mi scorge il cammin; con l'altro i' suono

s'alcuna bestia nel bosco profondo

fosse smarrita, sappia dove i' sono.

E se mi domandassi, io ti rispondo:

sappi che queste bestie che tu vedi,

uomini, come te, furon nel mondo.

E s'a le mie parole tu non credi,

risguarda un po' come intorno ti stanno,

e chi ti guarda e chi ti lecca i piedi.

E la cagion del guardar ch'elle fanno

è ch'a ciascuna de la tua ruina

rincresce, e del tuo male e del tuo danno.

Ciascuna, come te, fu peregrina

in queste selve, e poi fu trasmutata

in queste forme da la mia regina.

Questa propria virtù dal ciel gli è data,

che in varie forme faccia convertire

tosto che 'l volto d'un uom fiso guata.

Per tanto a te convien meco venire

e di questa mia mandra seguir l'orma,

se in questi boschi tu non vuoi morire.

E perché Circe non vegga la forma

del volto tuo, e per venir secreto,

te ne verrai carpon fra questa torma.

Allor si mosse con un viso lieto;

e io, non ci veggendo altro soccorso,

carpendo con le fiere le andai drieto,

infra le spalle d'un cervio e d'un orso.

Capitolo terzo

Dietro a le piante de la mia duchessa

andando, con le spalle volto al cielo,

tra quella turba d'animali spessa,

or mi prendeva un caldo ed or un gelo,

or le braccia tremando mi cercava

s'elle avevan cangiato pelle o pelo.

Le mani e le ginocchia io mi guastava;

o voi ch'andate a le volte carponi,

per discrezion pensate com'io stava.

Er'ito forse un'ora ginocchioni

tra quelle fiere, quando capitamo

in un fossato tra duo gran valloni.

Vedere innanzi a noi non potevamo,

però che il lume tutti ci abbagliava

di quella donna che noi seguavamo;

quando una voce udimmo che fischiava

col rumor d'una porta che si aperse,

di cui l'uno e l'altro uscio cigolava.

Come la vista el riguardar sofferse,

dinanzi agli occhi nostri un gran palazzo

di mirabile altura si scoperse.

Magnifico e spazioso era lo spazzo;

ma bisognò, per arrivare a quello,

di quel fossato passar l'acqua a guazzo.

Una trave faceva ponticello

sopra cui sol passò la nostra scorta,

non potendo le bestie andar sopr'ello.

Giunti che fummo a piè de l'alta porta,

pien d'affanno e d'angoscia i' entrai drento,

tra quella turba ch'è peggio che morta,

e fummi assai di minore spavento;

ché la mia donna perch'io non temessi,

avea ne l'entrar quivi il lume spento.

E questo fu cagion ch'io non vedessi

d'onde si fosse quel fischiar venuto,

o chi aperto ne l'entrar ci avessi.

Così tra quelle bestie sconosciuto,

mi ritrovai in un ampio cortile,

tutto smarrito, senza esser veduto.

E la mia donna bella, alta e gentile,

per ispazio d'un'ora, o più, attese

le bestie a rassettar nel loro ovile.

Poi tutta lieta per la man mi prese,

ed in una sua camera menommi,

dov'un gran fuoco di sua mano accese;

col qual cortesemente rasciugommi

quell'acqua che m'avea tutto bagnato,

quando il fossato passar bisognommi.

Poscia ch'io fui rasciutto, e riposato

alquanto da l'affanno e dispiacere

che quella notte m'avea travagliato,

incominciai: - Madonna il mio tacere

nasce non già perch'io non sappia a punto

quanto ben fatto m'hai, quanto piacere.

Io era al termin di mia vita giunto,

per luogo oscuro, tenebroso e cieco,

quando fui da la notte sopraggiunto.

Tu mi menasti per salvarmi teco:

dunque la vita da te riconosco

e ciò ch'intorno a quella porto meco.

Ma la memoria de l'oscuro bosco

col tuo bel volto m'han fatto star cheto

(nel qual ogni mio ben veggo e conosco),

che fatto m'hanno ora doglioso or lieto:

doglioso per quel mal che venne pria;

allegro per quel ben che venne drieto;

ché potuto non ho la voce mia

esplicar a parlare infin ch'io sono

posato in parte de la lunga via.

Ma tu, ne le cui braccia io m'abbandono,

e che tal cortesia usata m'hai,

che non si può pagar con altro dono,

cortese in questa parte ancor sarai,

che non ti gravi sì, che tu mi dica

quel corso di mia vita che tu sai -.

- Tra la gente moderna e tra l'antica,

cominciò ella, - alcun mai non sostenne

più ingratitudin, né maggior fatica.

Questo già per tua colpa non ti avvenne,

come avviene ad alcun, ma perché sorte

al tuo ben operar contraria venne.

Questa ti chiuse di pietà le porte,

quando ch'al tutto questa t'ha condutto

in questo luogo sì feroce e forte.

Ma perché il pianto a l'uom fu sempre brutto,

si debbe a' colpi de la sua fortuna

voltar il viso di lagrime asciutto.

Vedi le stelle e 'l ciel, vedi la luna,

vedi gli altri pianeti andar errando

or alto or basso senza requie alcuna;

quando il ciel vedi tenebroso, e quando

lucido e chiaro; e così nulla in terra

vien ne lo stato suo perseverando.

Di quivi nasce la pace e la guerra;

di qui dipendon gli odi tra coloro

ch'un muro insieme ed una fossa serra.

Da questo venne il tuo primo martoro;

da questo nacque al tutto la cagione

de le fatiche tue senza ristoro.

Non ha cangiato il cielo opinione

ancor, né cangerà, mentre che i fati

tengon ver te la lor dura intenzione.

E quelli umori i quai ti sono stati

cotanto avversi e cotanto nimici,

non sono ancor, non sono ancor purgati;

ma come secche fien le lor radici

e che benigni i ciel si mostreranno,

torneran tempi più che mai felici;

e tanto lieti e giocondi saranno,

che ti darà diletto la memoria

e del passato e del futuro danno.

Forse ch'ancor prenderai vanagloria

a queste genti raccontando e quelle

de le fatiche tue la lunga istoria.

Ma prima che si mostrin queste stelle

liete verso di te, gir ti conviene

cercando il mondo sotto nuova pelle;

ché quella Provvidenza che mantiene

l'umana spezie, vuol che tu sostenga

questo disagio per tuo maggior bene.

Di qui conviene al tutto che si spenga

in te l'umana effigie, e, senza quella,

meco tra l'altre bestie a pascer venga.

Né può mutarsi questa dura stella;

e, per averti in questo luogo messo,

si differisce il mal, non si cancella.

E lo star meco alquanto t'è permesso,

acciò del luogo esperienza porti,

e degli abitator che stanno in esso.

Adunque fa che tu non ti sconforti;

ma prendi francamente questo peso

sopra gli omeri tuoi solidi e forti;

ch'ancor ti gioverà d'averlo preso.

Capitolo quarto

Poi che la donna di parlare stette,

leva'mi in piè, rimanendo confuso

per le parole ch'ella aveva dette.

Pur dissi: - Il ciel né altri i' non accuso,

né mi vo' lamentar di sì ria sorte,

perché nel mal più che nel ben sono uso.

Ma s'io dovessi per l'infernal porte

gire al ben che detto hai, mi piacerebbe,

non che per quelle vie che tu m'hai porte.

Fortuna, dunque, tutto quel che debbe

e che le par, de la mia vita faccia;

ch'io so ben che di me mai non le 'ncrebbe. -

Allora la mia donna aprì le braccia,

e con un bel sembiante, tutta lieta,

mi baciò dieci volte e più la faccia;

poi disse festeggiando: - Alma discreta,

questo viaggio tuo, questo tuo stento,

cantato fia da istorico o poeta.

Ma perché via passar la notte sento,

vo' che pigliam qualche consolazione

e che mutiam questo ragionamento.

E prima troverem da colezione,

ché so bisogno n'hai forse non poco,

se di ferro non è tua condizione;

e goderemo insieme in questo loco.

E detto questo, una sua tovaglietta

apparecchiò su un certo desco al fuoco.

Poi trasse d'uno armario una cassetta,

dentrovi pane, bicchieri e coltella,

un pollo, una insalata acconcia e netta,

e altre cose appartenenti a quella.

Poscia, a me volta, disse: - Questa cena

ogni sera m'arreca una donzella.

Ancor questa guastada porta piena

di vin, che ti parrà, se tu l'assaggi,

di quel che Val di Grieve e Poppi mena.

Godiamo, adunque; e, come fanno i saggi,

pensa che ben possa venire ancora;

e chi è dritto, al fin convien che caggi.

E quando viene il mal, che viene ognora,

mandalo giù come una medicina;

ché pazzo è chi la gusta o l'assapora.

Viviamo or lieti, infin che domattina

con la mia greggia sia tempo uscir fuori,

per ubbidire a l'alta mia regina -.

Così lasciando gli affanni e i dolori,

lieti insieme cenammo: e ragionossi

di mille canzonette e mille amori.

Poi, come avemmo cenato, spogliossi,

e dentro al letto mi fe' seco entrare,

come suo amante o suo marito io fossi.

Qui bisogna a le Muse il peso dare,

per dir la sua beltà; ché senza loro

sarebbe vano il nostro ragionare.

Erano i suoi capei biondi com'oro,

ricciuti e crespi, tal che d'una stella

pareano i raggi o del superno coro.

Ciascuno occhio pareva una fiammella

tanto lucente, sì chiara e sì viva,

ch'ogni acuto veder si spegne in quella.

Avea la testa una grazia attrattiva,

tal ch'io non so a chi me la somigli,

perché l'occhio al guardarla si smarriva.

Sottili, arcati e neri erano i cigli,

perch'a plasmargli fur tutti gli dei,

tutti i celesti e superni consigli.

Di quel che da quei pende dir vorrei

cosa ch'al vero alquanto rispondesse,

ma tacciol, perché dir non lo saprei.

Io non so già chi quella bocca fesse;

se Giove con sua man non la fece egli,

non credo ch'altra man far la potesse.

I denti più che d'avorio eran begli;

e una lingua vibrar si vedeva,

come una serpe, infra le labbra e quegli:

d'onde uscì un parlare, il qual poteva

fermare i venti e far andar le piante,

sì soave concento e dolce aveva.

Il collo e 'l mento ancor vedeasi, e tante

altre bellezze, che farian felice

ogni meschino e infelice amante.

Io non so s'a narrarlo si disdice

quel che seguì da poi; però che 'l vero

suole spesso far guerra a chi lo dice.

Pur lo dirò, lasciandone il pensiero

a chi vuol biasimar; perché, tacendo

un gran piacer, non è piacer intero.

Io venni ben con l'occhio discorrendo

tutte le parti sue infino al petto,

a lo splendor del qual ancor m'accendo;

ma più oltre veder mi fu disdetto

da una ricca e candida coperta,

con la qual coperto era il picciol letto.

Era la mente mia stupida e incerta,

frigida, mesta, timida e dubbiosa,

non sapendo la via quanto era aperta.

E come giace stanca e vergognosa

e involta nel lenzuol, la prima sera,

presso al marito la novella sposa,

così d'intorno, pauroso, m'era

la coperta del letto inviluppata,

come quel che 'n virtù sua non ispera.

Ma poi che fu la donna un pezzo stata

a riguardarmi, sogghignando disse:

- Sare' io d'ortica o pruni armata?

Tu puo' aver quel che sospirando misse

alcun già, per averlo, più d'un grido,

e fe' mille quistioni e mille risse.

Bene entreresti in qualche loco infido,

per ritrovarti meco, o noteresti

come Leandro infra Seto e Abido;

poi che la virtute hai sì poca, che questi

panni che son fra noi ti fanno guerra,

e da me sì discosto ti ponesti -.

E come quando nel carcer si serra,

dubbioso de la vita, un peccatore,

che sta con gli occhi guardando la terra;

poi, s'egli avvien che grazia dal signore

impetri, e' lascia ogni pensiero strano

e prende assai d'ardire e di valore,

tal er'io, e tal divenni per l'umano

suo ragionare; e a lei m'accostai,

stendendo fra' lenzuol la fredda mano.

E come poi le sue membra toccai,

un dolce sì soave al cor mi venne

qual io non credo più gustar mai.

Non in un loco la man si ritenne,

ma, discorrendo per le membra sue,

la smarrita virtù tosto rinvenne.

E non essendo già timido piue,

dopo un dolce sospir, parlando dissi:

- Sian benedette le bellezze tue!

Sia benedetta l'ora, quando io missi

il piè ne la foresta, e se mai cose,

che ti fossero a cor, feci né scrissi.

E pien di gesti e parole amorose,

rinvolto in quelle angeliche bellezze,

che scordar mi facean l'umane cose,

intorno al cor sentii tante allegrezze

con tanto dolce, ch'io mi venni meno

gustando il fin di tutte le dolcezze,

tutto prostrato sopra il dolce seno.

Capitolo quinto

Veniva già la fredda notte manco:

fuggivansi le stelle ad una ad una,

e d'ogni parte il ciel si facea bianco;

cedeva al sole il lume de la luna,

quando la donna mia disse: - E' bisogna

poi ch'egli è tale il voler di Fortuna,

s'io non voglio acquistar qualche vergogna

tornar a la mia mandra, e menar quella

dove prender l'usato cibo agogna.

Tu ti resterai solo in questa cella,

e questa sera, al tornar, menerotti

dove tu possa a tuo modo vedella.

Non uscir fuor; questo ricordo dotti;

non risponder s'un chiama, perché molti

degli altri questo errore ha mal condotti.

Indi partissi; ed io, ch'aveva volti

tutti i pensieri a l'amoroso aspetto,

che lucea più che tutti gli altri volti,

sendo rimaso in camera soletto,

per mitigar, del letto i' mi levai,

l'incendio grande che m'ardeva il petto.

Come prima da lei mi discostai,

mi riempié di pensier la saetta

quella ferita che per lei sanai.

E stav'io come quello che sospetta

di varie cose, e se stesso confonde,

desiderando il ben che non aspetta.

E perché a l'un pensier l'altro risponde

la mente a le passate cose corse,

che 'l tempo per ancor non ci nasconde;

e qua e là ripensando discorse,

come l'antiche genti, alte e famose,

fortuna spesso or carezzò e or morse;

e tanto a me parver maravigliose,

che meco la cagion discorrer volli

del variar de le mondane cose.

Quel che ruina da' più alti colli,

più ch'altro, i regni, è questo: che i potenti

di lor potenza non son mai satolli.

Da questo nasce che son mal contenti

quei ch'han perduto, e che si desta umore

per ruinar quei che restan vincenti;

onde avvien che l'un sorge e l'altro muore;

e quel ch'è surto, sempre mai si strugge

per nuova ambizione o per timore.

Questo appetito gli stati distrugge:

e tanto è più mirabil, che ciascuno

conosce questo error, nessun lo fugge.

San Marco impetuoso ed importuno,

credendosi aver sempre il vento in poppa,

non si curò di ruinare ognuno;

né vide come la potenza troppa

era nociva, e come il me' sarebbe

tener sott'acqua la coda e la groppa.

Spesso uno ha pianto lo stato ch'egli ebbe,

e, dopo il fatto, poi s'accorge come

a sua ruina e a suo danno crebbe.

Atene e Sparta, di cui sì gran nome

fu già nel mondo, allor sol ruinorno

quando ebber le potenze intorno dome.

Ma di Lamagna nel presente giorno

ciascaduna città vive sicura,

per aver manco di sei miglia intorno.

A la nostra città non fe' paura

Arrigo già con tutta la sua possa,

quando i confini avea presso a le mura;

ed or ch'ella ha sua potenza promossa

intorno, e diventata è grande e vasta,

teme ogni cosa, non che gente grossa.

Perché quella virtute che soprasta

un corpo a sostener, quando egli è solo,

a regger poi maggior peso non basta.

Chi vuol toccar e l'uno e l'altro polo,

si truova ruinato in sul terreno,

com'Icar già dopo suo folle volo.

Vero è che suol durar o più o meno

una potenza, secondo che più

o men sue leggi buone e ordin fieno.

Quel regno che sospinto è da virtù

ad operare, o da necessitate,

si vedrà sempre mai gire all'insù;

e per contrario fia quella cittate

piena di sterpi silvestri e di dumi,

cangiando seggio dal verno a la state,

tanto ch'al fin convien che si consumi

e ponga sempre la sua mira in fallo,

che ha buone leggi e cattivi costumi.

Chi le passate cose legge, sallo

come gli imperii comincian da Nino,

e poi finiscono in Sardanapallo.

Quel primo fu tenuto un uom divino,

quell'altro fu trovato fra l'ancille

com'una donna dispensar il lino.

La virtù fa le region tranquille:

e da tranquillità poi ne risolta

l'ozio: e l'ozio arde i paesi e le ville.

Poi, quando una provincia è stata involta

ne' disordini un tempo, tornar suole

virtute ad abitarvi un'altra volta.

Quest'ordine così permette e vuole

chi ci governa, acciò che nulla stia

o possa star mai fermo sotto 'l sole.

Ed è, e sempre fu e sempre fia

che 'l mal succeda al bene, il bene al male,

e l'un sempre cagion dell'altro sia.

Vero è ch'un crede sia cosa mortale

pe' regni, e sia la lor distruzione

l'usura, o qualche peccato carnale;

e della lor grandezza la cagione,

e che alti e potenti gli mantiene,

sian digiuni, limosine, orazione.

Un altro, più discreto e savio, tiene

ch'a ruinargli questo mal non basti,

né basti a conservargli questo bene.

Creder che senza te per te contrasti

Dio, standoti ozioso e ginocchioni,

ha molti regni e molti stati guasti.

E' son ben necessarie l'orazioni:

e matto al tutto è quel ch'al popol vieta

le cerimonie e le sue divozioni;

perché da quelle in ver par che si mieta

unione e buono ordine; e da quello

buona fortuna poi dipende e lieta.

Ma non sia alcun di sì poco cervello,

che creda, se la sua casa ruina

che Dio la salvi senz'altro puntello;

perché e' morrà sotto quella ruina.

Capitolo sesto

Mentre ch'io stava sospeso ed involto

con l'affannata mente in quel pensiero,

aveva il sole il mezzo cerchio volto:

il mezzo, dico, del nostro emispero;

tal che da noi s'allontanava il giorno,

e l'oriente si faceva nero;

quando io conobbi pe 'l sonar d'un corno

e pe 'l ruggir de l'infelice armento,

come la donna mia facea ritorno.

E bench'io fossi in quel pensiero intento

che tutto il giorno a sé mi aveva tratto,

e del mio petto ogni altra cura spento,

com'io sentii la mia donna, di fatto

pensai ch'ogni altra cosa fosse vana

fuor di colei di cui fui servo fatto;

che, giunta dov'io era, tutta umana

il collo mio con un de' bracci avvinse,

con l'altro mi pigliò la man lontana.

Vergogna alquanto il viso mi dipinse,

né potti dire alcuna cosa a quella,

tanta fu la dolcezza che mi vinse.

Pur, dopo alquanto spazio, e io ed ella

insieme ragionammo molte cose,

com'uno amico con l'altro favella.

Ma, riposate sue membra angosciose

e recreate dal cibo usitato,

così parlando la donna propose:

- Già ti promisi d'averti menato

in loco dove comprender potresti

tutta la condizion del nostro stato;

adunque, se ti piace, fa' t'appresti

e vedrai gente con cui per l'adrieto

gran conoscenza e gran pratica avesti -.

Indi levossi, e io le tenni drieto,

com'ella volse, e non senza paura;

pur non sembrava né mesto né lieto.

Fatta era già la notte ombrosa e scura;

ond'ella prese una lanterna in mano,

ch'a suo piacer il lume scuopre e tura.

Giti che fummo, e non molto lontano,

mi parve entrar in un gran dormitoro,

sì come ne' conventi usar veggiàno.

Un landrone era proprio come il loro,

e da ciascun de' lati si vedeva

porte pur fatte di pover lavoro.

Allor la donna ver me si volgeva,

e disse come dentro a quelle porte

il grande armento suo meco giaceva.

E perché variata era la sorte,

eran varie le loro abitazioni,

e ciaschedun si sta col suo consorte.

- Stanno a man destra, al primo uscio i leoni,

cominciò, poi che 'l suo parlar riprese,

- co' denti acuti e con gli adunchi unghioni.

Chiunque ha cor magnanimo e cortese,

da Circe in quella fera si converte;

ma pochi ce ne son del tuo paese.

Ben son le piagge tue fatte deserte

e prive d'ogni gloriosa fronda,

che le facea men sassose e meno erte.

S'alcun di troppa furia e rabbia abbonda,

tenendo vita rozza e violenta,

tra gli orsi sta ne la stanza seconda;

e ne la terza, se ben mi rammenta,

voraci lupi e affamati stanno,

tal che cibo nessun non gli contenta.

Lor domicilio nel quarto loco hanno

buffoli e buoi; e se con quella fiera

si truova alcun de' tuoi, àbbisi il danno.

Chi si diletta di far buona ciera

e dorme quando e' veglia intorno al fuoco,

si sta fra' becchi nella quinta schiera.

Io non ti vuo' discorrere ogni loco:

perché a voler parlar di tutti quanti,

sarebbe il parlar lungo e 'l tempo poco.

Bàstiti questo: che dietro e davanti

ci son cervi, pantere e leopardi,

e maggior bestie assai che leofanti.

Ma fa ch'un poco al dirimpetto guardi

quell'ampia porta ch'a l'incontro è posta,

ne la quale entrerem, benché sia tardi. -

E prima ch'io facessi altra risposta,

tutta si mosse, e disse: - Sempre mai

si debbe far piacer quando e' non costa.

Ma perché, poi che dentro tu sarai,

possa conoscer del loco ogni effetto

e me' considerar ciò che vedrai,

intender debbi che, sotto ogni tetto

di queste stanze, sta d'una ragione

d'animai bruti, come già t'ho detto.

Sol questa non mantien tal condizione,

e, come avvien nel Mallevato vostro

che vi va ad abitar ogni prigione,

così colà in quel loco ch'io ti mostro,

può ir ciascuna fiera a diportarsi,

che per le celle stan di questo chiostro;

tal che, veggendo quella, potrà farsi,

senza riveder l'altre ad una ad una,

dove sarebbon troppi passi sparsi.

E anche in quella parte si raguna

fiere che son di maggior conoscenza,

di maggior grado e di maggior fortuna.

E se ti parran bestie in apparenza,

ben ne conoscerai qualcuna in parte

a' modi, a' gesti, a gli occhi, a la presenza.

Mentre parlava, noi venimmo in parte

dove la porta tutta ne appariva,

con le sue circostanze a parte a parte.

Una figura, che pareva viva,

era di marmo scolpita davante

sopra 'l grande arco che l'uscio copriva:

e come Annibal sopra un elefante,

parea che trionfasse; e la sua vesta

era d'uom grave, famoso e prestante.

D'alloro una ghirlanda aveva in testa;

la faccia aveva assai gioconda e lieta;

d'intorno, gente che li facean festa.

- Colui è il grande abate di Gaeta,

disse la donna, come saper dei,

che fu già coronato per poeta.

Suo simulacro da' superni Dei,

come tu vedi, in quel loco fu messo,

con gli altri che gli sono intorno a' piei,

perché ciascun che gli venisse appresso,

senz'altro intender, giudicar potesse

quai sian le genti là serrate in esso.

Ma facciam sì omai, ch'io non perdesse

cotanto tempo a risguardar costui,

che l'ora del tornar sopragiungesse.

Vienne, adunque, con meco; e se mai fui

cortese, ti parrò a questa volta,

nel dimostrarti questi luoghi bui,

se tanta grazia non m'è dal ciel tolta.

Capitolo settimo

Noi eravam col piè già 'n su la soglia

di quella porta, e di passar là drento

m'avea fatto venir la donna voglia;

e di quel mio voler restai contento,

perché la porta subito s'aperse,

e dimostronne il serrato convento.

E perché me' quel potesse vederse,

il lume ch'ella avea sotto la vesta

chiuso, ne l'entrar là tutto scoperse.

A la qual luce sì lucida e presta,

com'egli avvien nel veder cosa nuova,

più che duemila bestie alzar la testa.

Or guarda ben, se di veder ti giova,

disse la donna, il copioso drappello

che 'n questo loco insieme si ritruova.

Né ti paia fatica a veder quello,

ché non son tutti terrestri animali;

ben c'è tra tante bestie qualche uccello.

Io levai gli occhi, e vidi tanti e tali

animai bruti, ch'io non crederei

poter mai dir quanti fossero e quali;

e perché a dirlo tedioso sarei,

narrerò di qualcun, la cui presenza

diede più maraviglia a gli occhi miei.

Vidi un gatto per troppa pazienza

perder la preda, e restarne scornato,

benché prudente e di buona semenza.

Poi vidi un drago tutto travagliato

voltarsi, senza aver mai posa alcuna,

ora sul destro ora su l'altro lato.

Vidi una volpe, maligna e 'mportuna,

che non truova ancor rete che la pigli;

e un can còrso abbaiar a la luna.

Vidi un leon che s'aveva gli artigli

e' denti ancor da se medesmo tratti,

pe' suoi non buoni e non saggi consigli.

Poco più là, certi animai disfatti

qual coda non avea, qual non orecchi,

vidi musando starsi quatti quatti.

Io ve ne scorsi e conobbi parecchi;

e, se ben mi ricordo in maggior parte,

era un mescuglio fra conigli e becchi.

Appresso questi, un po' così da parte,

vidi un altro animal, non come quelli,

ma da natura fatto con più arte.

Aveva rari e delicati e' velli;

parea superbo in vista e animoso,

tal che mi venne voglia di piacelli.

Non dimostrava suo cuor generoso,

Gli ugnoni avendo incatenato e i denti;

però si stava sfuggiasco e sdegnoso.

Una...........................

....

....

Vidi.........................

....

....

Poi vidi una giraffa, che chinava

il collo a ciascheduno; e da l'un canto

aveva un orso stanco che russava.

Vidi un pavon col suo leggiadro ammanto

girsi pavoneggiando, e non temeva

se 'l mondo andasse in volta tutto quanto.

Uno animal che non si conosceva,

sì variato avea la pelle e 'l dosso,

e 'n su la groppa una cornacchia aveva.

Una bestiaccia vidi di pel rosso,

ch'era un bue senza corna; e dal discosto

m'ingannò, che mi parve un caval grosso.

Poi vidi uno asin tanto mal disposto,

che non potea portar, non ch'altro il basto;

e parea proprio un citriuol d'agosto.

Vidi un segugio, ch'avea il veder guasto:

e Circe n'arìa fatto capitale,

se non foss'ito, com'un orbo, al tasto.

Vidi uno soricciuol, ch'avea per male

d'esser sì piccoletto, e bezzicando

andava or questo, or quell'altro animale.

Poi vidi un bracco, ch'andava fiutando

a questo il ceffo a quell'altro la spalla,

come s'andasse del padron cercando.

Il tempo è lungo, e la memoria falla;

tanto ch'io non vi posso ben narrare

quel ch'io vidi in un dì per questa stalla.

Un buffol, che mi fe' raccapricciare

col suo guardare e 'l suo mugliar sì forte,

d'aver veduto i' mi vo' ricordare.

Un cervio vidi, che temeva forte,

or qua or là variando il cammino,

tanto avea paura de la morte.

Vidi sopra una trave un armellino,

che non vuol ch'altri il guardi, non che 'l tocchi,

ed era a una allodola vicino.

In molte buche più di cento allocchi

vidi, e una oca bianca come neve

e una scimia che facea lo 'mbocchi.

Vidi tanti animai, che saria greve

e lungo a raccontar lor condizioni,

come fu il tempo a riguardarli breve.

Quanti mi parver già Fabi e Catoni,

che, poi che quivi di lor esser seppi,

mi riusciron pecore e montoni!

Quanti ne pascon questi duri greppi,

che seggono alto ne' più alti scanni!

Quanti nasi aquilin riescon gheppi!

E bench'io fossi involto in mille affanni,

pur parlare a qualcuno arei voluto,

se vi fossero stati i torcimanni;

ma la mia donna, ch'ebbe conosciuto

questa mia voglia e questo mio appetito,

disse: - Non dubitar, ch'e' fia adempiuto.

Guarda un po' là dov'io ti mostro a dito,

senz'esserti più oltre mosso un passo

pur lungo il muro, come tu se' ito. -

Allora io vidi entro in un luogo basso,

com'io ebbi ver lui dritto le ciglia,

tra 'l fango involto un porcellotto grasso.

Non dirò già chi costui si somiglia;

bàstivi ch'e' saria trecento e piue

libbre, se si pesasse a la caviglia.

E la mia guida disse: - Andiam là giue

presso a quel porco, se tu se' pur vago

d'udir le voglie e le parole sue.

Che se trar lo volessi di quel lago,

facendol tornar uom, e' non vorrebbe;

come pesce che fosse in fiume o in lago.

E perché questo non si crederebbe,

acciò che far ne possa piena fede,

domandera'lo se quindi uscirebbe.

Appresso mosse la mia donna il piede;

e per non separarmi da lei punto,

la presi per la man ch'ella mi diede;

tanto ch'io fui presso a quel porco giunto.

Capitolo ottavo

Alzò quel porco al giunger nostro il grifo,

tutto vergato di meta e di loto,

tal che mi venne nel guardarlo a schifo.

E perch'io fui già gran tempo suo noto,

ver me si mosse mostrandomi i denti,

stando col resto fermo e senza moto.

Ond'io li dissi, pur con grati accenti:

- Dio ti dia miglior sorte, se ti pare;

Dio ti mantenga, se tu ti contenti.

Se meco ti piacesse ragionare,

mi sarà grato; e perché sappia certo,

pur che tu voglia, ti puoi sodisfare.

E per parlarti libero e aperto,

tel dico con licenza di costei,

che mostro m'ha questo sentier deserto.

Cotanta grazia m'han fatto li Dei,

che non gli è parso il salvarmi fatica

e trarmi degli affanni ove tu sei.

Vuole ancor da sua parte ch'io ti dica

che ti libererà da tanto male,

se tornar vuoi ne la tua forma antica. -

Levossi allora in piè dritto il cignale,

udendo quello; e fe' questa risposta,

tutto turbato, il fangoso animale:

- Non so d'onde tu venga, o di qual costa;

ma se per altro tu non se' venuto

che per trarmi di qui, vanne a tua posta.

Viver con voi io non voglio, e rifiuto;

e veggo ben che tu se' in quello errore,

che me più tempo ancor ebbe tenuto.

Tanto v'inganna il proprio vostro amore,

che altro ben non credete che sia

fuor de l'umana essenza e del valore;

ma se rivolgi a me la fantasia,

pria che tu parta da la mia presenza,

farò che 'n tale error mai più non stia.

Io mi vo' cominciar da la prudenza,

eccellente virtù, per la qual fanno

gli uomin maggiore la loro eccellenza.

Questa san meglio usar color che sanno,

senz'altra disciplina, per sé stesso

seguir lor bene ed evitar lor danno.

Senz'alcun dubbio, io affermo e confesso

esser superior la parte nostra;

e ancor tu nol negherai appresso.

Qual è quel precettor che ci dimostra

l'erba qual sia, o benigna o cattiva?

Non studio alcun, non l'ignoranza vostra.

Noi cangiam region di riva in riva,

e lasciare uno albergo non ci duole,

pur che contento e felice si viva.

L'un fugge il ghiaccio e l'altro fugge il sole,

seguendo il tempo a viver nostro amico,

come natura che ne insegna, vuole.

Voi, infelici assai più ch'io non dico,

gite cercando quel paese e questo,

non per aere trovar freddo od aprico,

ma perché l'appetito disonesto

de l'aver non vi tien l'animo fermo

nel viver parco, civile e modesto;

e spesso in aere putrefatto e infermo,

lasciando l'aere buon, vi trasferite;

non che facciate al viver vostro schermo.

Noi l'aere sol, voi povertà fuggite,

cercando con pericoli ricchezza,

che v'ha del ben oprar le vie impedite.

E se parlar vogliam de la fortezza,

quanto la parte nostra sia prestante

si vede, come 'l sol per sua chiarezza.

Un toro, un fer leone, un leofante

e 'nfiniti di noi nel mondo sono

a cui non può l'uom comparir davante.

E se de l'alma ragionare è buono,

vedrai di cori invitti e generosi

e forti esserci fatto maggior dono.

Tra noi son fatti e gesti valorosi

senza sperar trionfo o altra gloria,

come già quei Roman che fur famosi.

Vedesi ne' leon gran vanagloria

de l'opra generosa, e de la trista

volerne al tutto spegner la memoria.

Alcuna fera ancor tra noi s'è vista,

che, per fuggir del carcer le catene,

e gloria e libertà morendo acquista;

e tal valor nel suo petto ritiene

ch'avendo perso la sua libertate,

di viver serva il suo cor non sostiene.

E se a la temperanza risguardate,

ancora e' vi parrà ch'a questo gioco

abbiam le parti vostre superate.

In Vener noi spendiamo e breve e poco

tempo; ma voi, senza alcuna misura,

seguite quella in ogni tempo e loco.

La nostra specie altro cibar non cura

che 'l prodotto dal ciel sanz'arte, e voi

volete quel che non può far natura.

Né vi contenta un sol cibo, qual noi,

ma, per me' sodisfar le 'ngorde voglie,

gite per quelli infin ne' regni Eoi.

Non basta quel che 'n terra si ricoglie,

ché voi entrate a l'Oceano in seno,

per potervi saziar de le sue spoglie.

Il mio parlar mai non verrebbe meno,

s'io volessi mostrar come infelici

voi siete più ch'ogni animal terreno.

Noi a natura siam maggiori amici;

e par che in noi più sua virtù dispensi,

facendo voi d'ogni suo ben mendici.

Se vuoi questo veder, pon mano a' sensi,

e sarai facilmente persuaso

di quel che forse pe 'l contrario pensi.

L'aquila l'occhio, il can l'orecchio e 'l naso,

e 'l gusto ancor possiam miglior mostrarvi,

se 'l tatto a voi più proprio s'è rimaso;

il qual v'è dato non per onorarvi,

ma sol perché di Vener l'appetito

dovesse maggior briga e noia darvi.

Ogni animal tra noi nasce vestito:

che 'l difende dal freddo tempo e crudo,

sotto ogni cielo e per qualunque lito.

Sol nasce l'uom d'ogni difesa ignudo,

e non ha cuoio, spine o piume o vello,

setole o scaglie, che li faccian scudo.

Dal pianto il viver suo comincia quello,

con tuon di voce dolorosa e roca;

tal ch'egli è miserabile a vedello.

Da poi, crescendo la sua vita è poca,

senz'alcun dubbio, al paragon di quella

che vive un cervo, una cornacchia, un'oca.

Le man vi diè natura e la favella,

e con quelle anco ambizion, vi dette,

e avarizia che quel ben cancella.

A quante infermità vi sottomette

natura, prima, e poi fortuna! Quanto

ben senz'alcun effetto vi promette!

Vostr'è l'ambizion lussuria e 'l pianto,

e l'avarizia che genera scabbia

nel viver vostro che stimate tanto.

Nessun altro animal si trova ch'abbia

più fragil vita, e di viver più voglia,

più confuso timore o maggior rabbia.

Non dà l'un porco a l'altro porco doglia,

l'un cervo a l'altro; solamente l'uomo

l'altr'uom ammazza, crocifigge e spoglia.

Pens'or come tu vuoi ch'io ritorni uomo,

sendo di tutte le miserie privo,

ch'io sopportava mentre che fui uomo.

E s'alcuno infra gli uomini ti par divo,

felice e lieto, non gli creder molto,

ché 'n questo fango più felice vivo,

dove senza pensier mi bagno e vòlto. -